# おねえちゃんって、まいにちはらはら！

いとう みく・作
つじむら あゆこ・絵

# どうしたの？

さんすうの　テストで、
百《ひゃく》てんを　とった。
「がんばったね」
ほめてくれたのは、
たんにんの
よっちゃん先生《せんせい》。
「ココちゃん　すごーい」

って、めを　まるくしたのは、
なかよしの　みおちゃん。
となりの　せきの
けんとくんは、
「いばってんなよ」
って　いったけど、
ぜんぜん　きにしない。
だって　あたし、
がんばったんだもん！

百《ひゃく》てんの　テストを
きれいに　おって、
ランドセルに　しまった。
おかあさん、なんて　いうかな。
きょうは　はやく、
がくどうクラブに　おむかえ
きてくれると　いいなぁ。

ぎゃおーん！
がくどうクラブで　おやつを　たべていると、
かいじゅうみたいな　こえが　きこえた。
あたしと　みおちゃんが　テラスに　でると、
一かいにある　ほいくえんの　にわで、
ナッちゃんが　ひっくりかえってた。
「あれ、ココちゃんの　いもうとじゃない？」
まちがいない。
ナッちゃんだ。

ナッちゃんは、あたしの　いもうと。
あたしの　おかあさんと、ナッちゃんの
おとうさんが　けっこんして、あたしは

一年生《ねんせい》に　なってすぐ、ナッちゃんの
おねえちゃんに　なった。

ぎゃおーん！

ぎゃおーん！

ぎゃおーん！

「すっごい　なきかただね」

みおちゃんが、目《め》を　大《おお》きくして　いった。

「う、うん」

そうなんだ。ナッちゃんは　なきごえも
大《おお》きいけど、わらいごえも、しゃべりごえも
大《おお》きい。しずかなのは　ねてるときだけ。
っておもったら、ねごとまで　大《おお》きい。しかも
三さいなのに、あたしより　からだもおっきい。
そりゃあ、あたしは　一年生《ねんせい》のなかでも
小《ちい》さくて、せのじゅんも　いちばんまえだけど、
いもうとの　ほうが　大《おお》きいって、やなかんじ。
だから　あたし、ナッちゃんのことを

こっそり　こう　いってるの。
「かいじゅう」って。

ナッちゃんが、ぎゃおぎゃお　ないている
ところへ、ほいくえんの　先生《せんせい》が　かけていった。
よかった、これで　なきやむ。
ナッちゃんは、うちでも、きにいらないことが
あると、ああやって　大《おお》なきする。でも、
おかあさんが　「どうしたの」って
だっこすると、すぐに　なきやむ。
だって　うそなきだから。

「いこー」

みおちゃんは　さきに、
おへやの　なかに　はいった。
あたしも、やれやれって、
おへやに　もどろうとした
とき、先生《せんせい》が　「なかの
先生《せんせい》！」って、かんごし
先生《せんせい》の　なまえを　よんだ。

え？　どうしたの？

うそなきじゃ　なかったの？
なかの先生《せんせい》が　かけてきて、
ナッちゃんを　だっこして
ほいくえんの　なかに　はいっていった。
テラスからは、ひさしが
じゃまで　ぜんぜん　みえない。
ナッちゃん、どうしたんだろう。
おなかの　おくが、きゅっとした。

## かいじゅうが　ケガ？

みおちゃんが、「いちりんしゃ、しよ」って
いったけど、「ううん」って　いった。
まさちゃんが、「トランプ、しよ」って
いったけど、「こんど」って　いった。
あたしは　テラスに　でたり、
がくどうクラブの　げんかんに　いったり、
うろうろしてた。

なんかいめかに　テラスに　でたとき、
ほいくえんの　そとに、タクシーが　とまった。
と、おもったら、ほいくえんの　なかから
なかの先生《せんせい》が　でてきた。先生《せんせい》は、ナッちゃんを
だっこしてる。
テラスの　さくを　ぎゅっと　にぎった。
「ナッちゃーん」
よんだけど、なかの先生《せんせい》は　ナッちゃんを
だっこしたまま　タクシーに

のって　いっちゃった。
ナッちゃん……。

「ああ、よかった、
ここに　いたのね」
がくどうクラブの　先生《せんせい》の
ハギさんが、あたしを　みて
ホッと　いきを　ついた。
「ナッちゃん、ほいくえんで
けがを　しちゃって、
いま　びょういんへ　いったの」
「ケガって？」

「あたまを
うっちゃったみたい」

ナッちゃんは、いえの　なかでも、
かいじゅうみたいに「きーん」「べーん」って
いいながら、どたばた　はしりまわったり、
ソファーを　トランポリンみたいにして
ぴょんぴょん　してるから、
あたまを　ぶつけたり、ころんだりなんて
しょっちゅうだ。
おとなりの　ネコちゃんの　しっぽを
ひっぱって、ひっかかれることだってある。

そのときは、大《おお》きなきするけど、
すぐに　にかーって　わらう。

びょういんなんて、　いちども
いったことが　ないのに。

「しんぱいだよね。でも、だいじょうぶ。
ねんのためって　いってたから」
ハギさんは、あたしの
あたまに　てを　のせた。
だいじょうぶ。
うん、そうに　きまってる。
だって、ナッちゃんは、
かいじゅうだもん。
かいじゅうは　つよいんだもん。

「ココちゃん、げつようびね」
「うん、ばいばい」
さいごに　おむかえに　きたのは、
みおちゃんの　ママだった。
「ココちゃんの　おかあさん、もうすぐ
くるから、いっしょに　まってようね」
だまって　ハギさんに　うなずいたら、
なきそうになった。
だれも　いない　がくどうクラブは

しんとして、だんぼうが　ついているのに、
すうすうする。

「そうだ！　ココちゃん、
おやつ　あまってるの　たべちゃおうか」
ハギさんと　あたしは、げんかんの　みえる、
じむしつで、あったかい　ぎゅうにゅうと、
小《ちい》さな　ドーナツを　たべた。

「みんなには　ないしょね」
そのとき、ピンポーンって、
チャイムが　なった。

「おかあさんだ！」

ふりかえったら、ガラスどの　げんかんの　むこうで、おとうさんが　てを　ふっていた。

なんで、おとうさんなの？

「おかえりなさーい」

ハギさんは、マグカップを　おくと、げんきの　いいこえで　ドアを　あけた。

**いっしょが　いいの！**

「おそくなって　もうしわけありません」
おとうさんは、ハギさんに　あたまを
さげながら、「ココちゃんも　ごめんね」って
いった。

「ナッちゃんの　ケガの　ようすは
いかがですか？」
ハギさんが　いうと、おとうさんは
にこっとした。
「ごしんぱい　おかけしました。
すこし　はいたので、ねんのために
びょういんへって　ことだそうです」
「おかあさんは⁉」

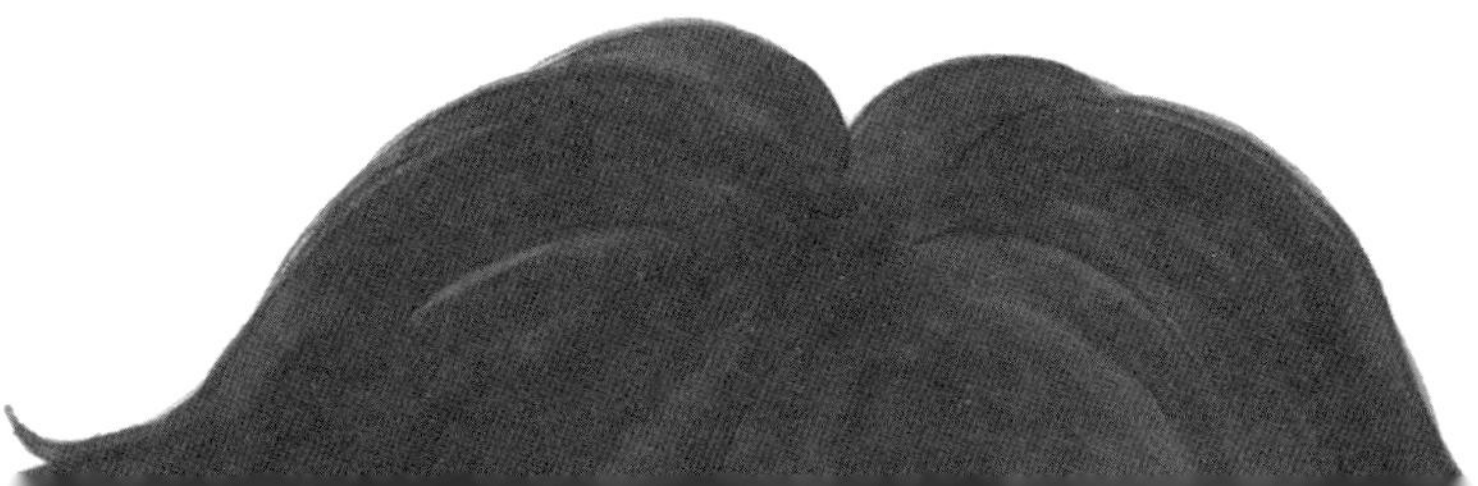

「びょういんへ　いってるんだよ」
……だから　おむかえ、おとうさんなんだ。
「もう、ナツは　げんきな　ようなんですが、
いちおう　けんさしておきましょうってことで」
「そうでしたか。ココちゃん、すごく
しんぱいしてたのよね」
「ごめんね　ココちゃん。
でも　だいじょうぶだよ」
おとうさんは、かおを

くしゃっとして
わらった。

ひゅう、と　かぜが　ふいた。
そとは、もう　まっくら。
きのうだって、その　まえの日《ひ》だって、
おかあさんが　おむかえに
くるころは、くらく　なってる。
でも、きょうは　いつもより、
くらく　かんじる。
おとうさんは　コートの
えりを　たてて、あたしを　みた。

「ココちゃん、ラーメン　たべて　いこうか？」

おとうさん　おなか　へっちゃったよ」

「おかあさんと　ナッちゃんは？」

「もう　ちょっと　おそく　なりそうなんだ。

まだ、びょういんみたいだから」

「じゃあ、あたしも　いい」
「でも、いえに　かえっても
なんにも　ないしなぁ」
「いいのっ。おかあさんと
ナッちゃんが　かえってきたら、
いっしょに　たべる」
　あたしが　いうと、
おとうさんは　うーんって、
おなかに　手《て》を　あてて、

「よし」って　いった。
「それなら、スーパーで
かいものを　していこう」
「おかいもの？」
「うん。ココちゃん、
ナポリタン　すきだろ」
「うん」
「おとうさん、ナポリタンには
じしんが　あるんだ」

「つくれるの？」
「おう、バッチリ」
おとうさんは　あたしの　手《て》を
にぎって、ずんずん　あるきだした。

スーパーで、ベーコンと　ピーマンと
たまねぎと　マッシュルームを　かって
かえると、おとうさんは　はりきって
キッチンへ　いった。

やさいと　ベーコンを　きって、
おなべに　いっぱい
おゆを　わかした。
トルルルル
トルルルル
「おかあさんからかも！」
あたしは、でんわを　とった。
「はい」
『もしもし、ココ？』

「おかあさん！」
『ごめんね、おむかえ
いけなくって。
おとうさんに　かわってくれる？』
「うん、ちょっと　まって」
じゅわきを　耳《みみ》から
はなすと、おとうさんが
手《て》を　ふきながら
こっちに　きた。

「もしもし」
　おとうさんは、
うんうんって　なんどか
うなずいた。それから
ちらと　あたしを　みて、
にこっとして、
また　うなずいた。
　わらってるけど、おとうさん、
しんぱいそうな　かおを　してる。

あたしは、くちびるを　ぎゅっと　かんで、

おとうさんを　みあげた。

「うん、わかった。こっちは　しんぱいないから」

そういって、おとうさんは　じゅわきを

おいた。

「おかあさんたち、なんじに　かえってくるの？」

「それが、きょうは　かえって

こられないんだって」

「えっ？」

「きょう　いちにち　にゅういんを　して、
ようすを　みましょうってことに
なったんだって」
「なんで？　どうして？」
「けんさでは、とくに
わるいところは
なかったんだけど」
「じゃあ　なんで!?」
おとうさんは、こんどは　こまった

かおを　した。
「あたまを　うっただろ。だから　もし　なにか
あっても、すぐに　おいしゃさんに
みてもらえるようにって」
あたしは　スカートを　にぎった。

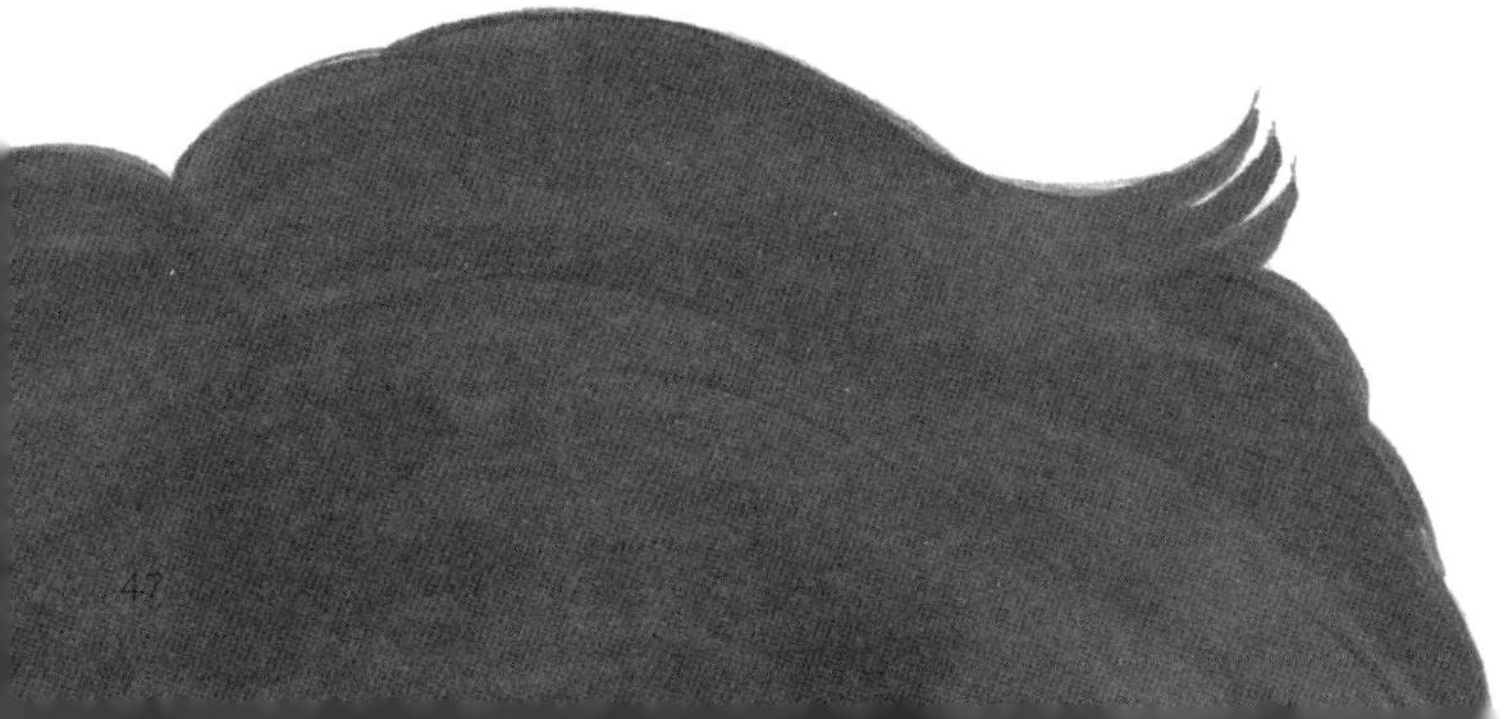

「とにかく、ごはんを　たべよう。

すぐ　できるからね」

「……」

「ココちゃん？」

「いらない」

おとうさん、こまってる。

でも……。

「たべたくない！」

あたしは、ばたばたって

リビングを　でて、
ベッドに　かおを
うずめた。

おなかの　おくが、きゅっと　する。
ナッちゃん、おかあさん。
口《くち》の　なかで　つぶやいたら、
ぶわって　なみだが　でた。

チクタク　チクタク
チクタク　チクタク

くんくん　くんくん　あれ、いい　におい。
ドアを　あけたら、おとうさんが
フライパンと　うちわを　もって　たっていた。
「あっ」
おとうさんは、
すっごく
てれくさそうな
かおを　した。

ぎゅるるるる
きゅるるる
おとうさんの　おなかと、あたしの　おなかが、
いっしょに　なった。
「おなか、すいた」
あたしが　いうと、おとうさんは
ぎゅるるるって、もういっかい　おなかを
ならして、
「おとうさんも」って、わらった。

## やっぱり　かいじゅう

つぎの　あさ、
あたしと　おとうさんは、
バスに　のって、ナッちゃんが
にゅういんしている
びょういんへ　いった。
「ナッちゃん、
だいじょうぶかな」

「うん、さっき
おかあさんから
メールが　はいってたけど、
きのうも　よく
ねむったみたいだから、
だいじょうぶだよ」
おとうさんの　えがおが、
やわらかくって、
あたしは　あんしんした。

「にゅういん　びょうとうは　三がいだ」
おとうさんは、エレベーターの
ボタンを　おした。
とく　とく　とく
もうすぐ、おかあさんと
ナッちゃんに　あえる。
きのう　あって　いないだけなのに、ずっと
はなればなれに　なってたみたいな　きがする。
どくん　どくん

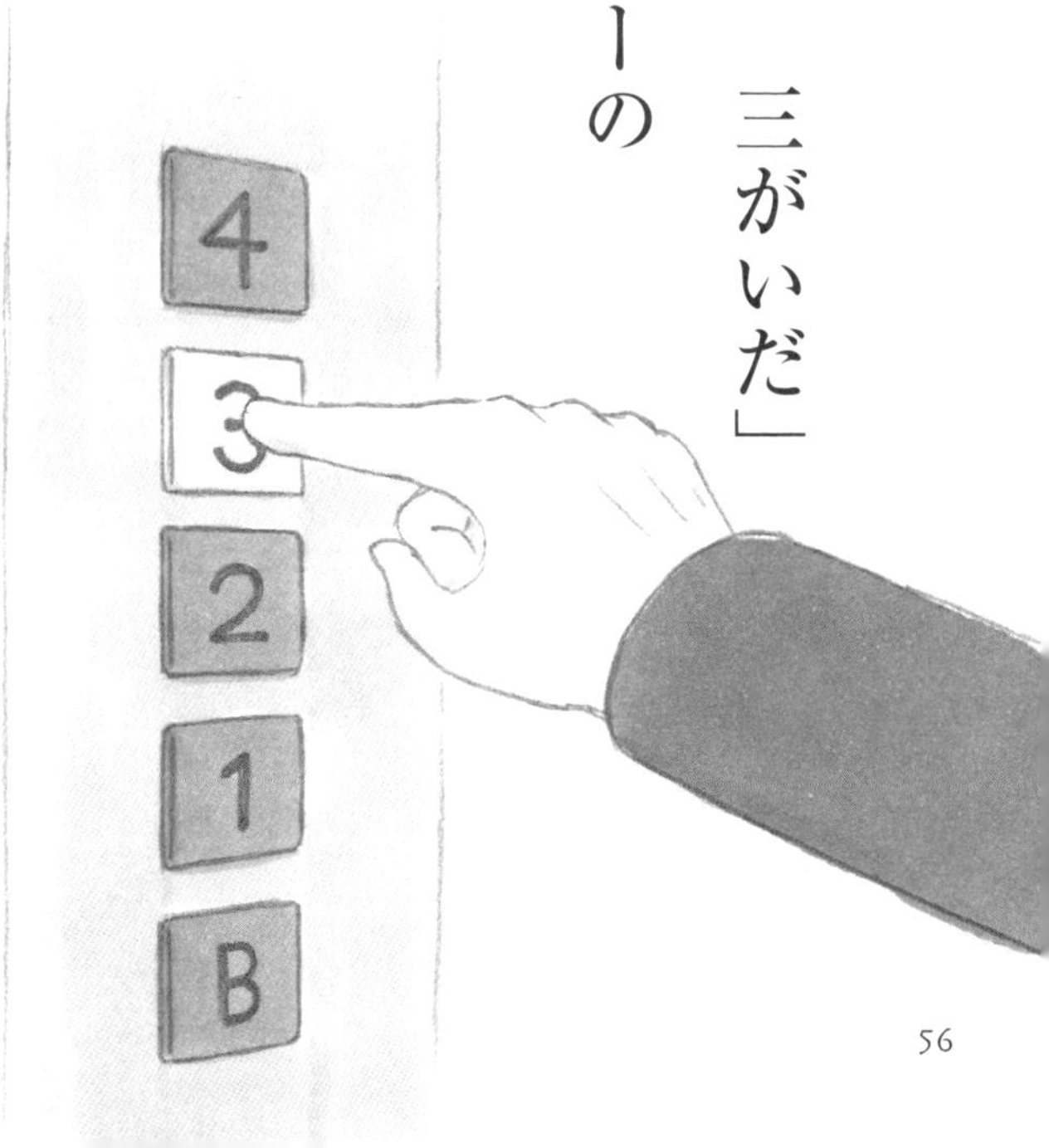

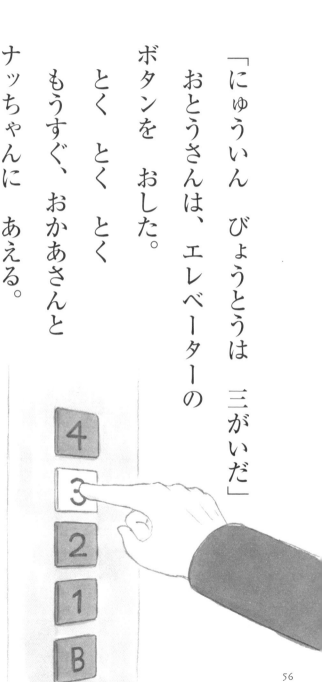

どくん　どくん
エレベーターの　ドアが　ひらく。

「べ―――ん」
「き―――ん」
ひゃはははは

え？　あの　こえ。
「あー、ナッちゃん、だめだめ。
すみません、ほんとうに」
おかあさんの　こえだ。
あたしと　おとうさんは　かおを　みあわせた。

エレベーターを　おりて、こえの　ほうへ
いくと……。
ろうかの　むこうから、シーツを　あたまから
かぶった　なにかが　とっしんしてきた。

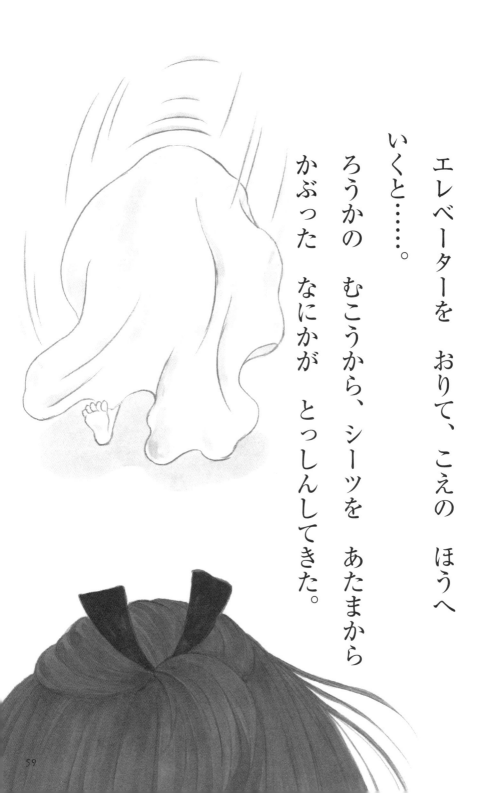

ふわっと　シーツが　めくれる。

「ナッちゃん！」

「ナツ！」

おとうさんは、　はしってくる　ナッちゃんを
しょうめんから　だきとめた。

「あー、よかった」
ナッちゃんを　おいかけてきた
おかあさんが、むねに　手《て》を　あてて、
大《おお》きく　いきを　ついた。
「ナッちゃん、げんき　ありあまっちゃって」

おかあさんが　にがわらいすると、
ナッちゃんは　おとうさんに　だっこされたまま、
手足《てあし》を　バタバタさせた。
「ココたん！」
ナッちゃんは　あたしを　みつけると、
にかーって　わらって、からだを　ゆすった。
「あとぼ、あとぼー！」
うわっ、やっぱり　かいじゅう。

「どこも　いじょうなし」

おいしゃさんに　いわれて、ナッちゃんは

たいいんした。

かえりみち、おひさまが　でてきたから、
みんなで、はらっぱこうえんに　いった。
「たいいんした　ばっかりで、
ナッちゃん　だいじょうぶかな」
あたしが　いうと、おかあさんは
くすりと　わらった。
「あさから　パワーぜんかいなの。
いえの　なかで　かけまわるより、
ここの　ほうが　かえって　あんぜんよ」

「それは　そうだね」

おとうさんが　うなずいた。

「ココたん、たんけんしよ！」

ナッちゃんが、ドタドタ　とびはねた。

「たんけん？」

「とー、いいもの　みつける！」

いいものねぇー。

あっ、そういえば　百《ひゃく》てんの　テスト！

すっかり　わすれてた。

「いいもの　いいもの」

おうちに　かえったら　みせるんだ。

百《ひゃく》てんのテスト、おかあさんに。

100

「いいもの　いいもの　みつけるー」
「じゃあ、大《おお》きな
まつぼっくり　さがそっか」
「うん！」
　ナッちゃんが
だだだだって、かけだした。
「ストップ　ストップー！」
　あたしは　なっちゃんの
あとを　おいかけて、

「はい」って、ぷくぷくの
手《て》を　しっかり　にぎった。
だって　あたし、
おねえちゃんだもん！

おしまい

作者
**いとう　みく**
神奈川県生まれ。『糸子の体重計』（童心社）で第46回日本児童文学者協会新人賞、『空へ』（小峰書店）で第39回日本児童文芸家協会賞を受賞。著書に「おねえちゃん」シリーズ（岩崎書店）、「車夫」シリーズ（小峰書店）、『二日月』（そうえん社）、『カーネーション』（くもん出版）、『ぼくはなんでもできるもん』（ポプラ社）など多数。「季節風」同人。

画家
**つじむら　あゆこ**
一九六四年、香川県生まれ。武蔵野美術大学造形学部日本画学科卒業。こどもの本の仕事を中心に活躍。挿し絵に『ふしぎなのらネコ』（くさのたき・作、金の星社）、「おばけのバケロン」シリーズ（もとしたいづみ・作、ポプラ社）、『なにがあっても　ずっといっしょ』（金の星社）、「おばけのポーちゃん」シリーズ（あかね書房）など多数。

**お手紙おまちしています！**
いただいたお手紙は作者と画家におわたしいたします。
〒112-0005　東京都文京区水道1―9―2
岩崎書店「おねえちゃん」係まで！

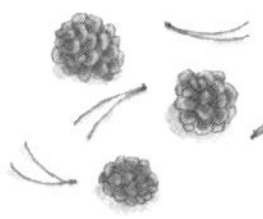

おはなしトントン64
**おねえちゃんって、まいにち　はらはら！**
2018年12月31日　第1刷発行
2019年4月30日　第2刷発行
作者　いとうみく
画家　つじむらあゆこ
発行者　岩崎弘明
発行所　株式会社　岩崎書店
〒112-0005
東京都文京区水道1-9-2
電話　03-3812-9131（営業）
03-3813-5526（編集）
振替　00170-5-96822
印刷　広研印刷株式会社
製本　株式会社若林製本工場
NDC 913
ISBN978-4-265-07412-9

Published by IWASAKI Publishing Co.,Ltd. Printed in Japan
ご意見ご感想をお寄せください。　E-mail　info@iwasakishoten.co.jp
岩崎書店ホームページ　http://www.iwasakishoten.co.jp
落丁本・乱丁本は小社負担にておとりかえいたします。